Karim Friha

La Flamme et l'Orage

1. La ville pétrifiée

Gallimard

Du même auteur chez Gallimard

LE RÉVEIL DU ZELPHIRE

1. D'écorce et de sève

2. Prince de sang

3. Au cœur du mal

N° d'édition : 254592
ISBN : 978-2-07-065518-2
Dépôt légal : janvier 2015
Imprimé en France par Pollina - L70446
Première édition

www.gallimard.fr/bd

Aaaah!
Mon chéri ! Qu'est-ce qui se p...
Au secours ! Mon enfant ! Ils l'ont pris !

Ah!
Léor, tout va bien ?
Oui, oncle Mikel...
J'ai encore rêvé du jour où mes parents et moi avons été attaqués par les soldats.
Allez, prépare-toi, c'est bientôt l'heure de déjeuner.
Les affaires reprennent ! L'administration m'a passé une nouvelle commande pour renouveler une partie de l'arsenal de l'armée.

Peut-être que le grand apôtre s'est enfin décidé à attaquer la cité de Valgard. Leurs idées décadentes progressistes pourraient bien nous contaminer...
En tout cas, une bonne petite guerre ferait le plus grand bien à notre entreprise familiale.
Et quand nous vous aurons trouvé des conjoints dignes de ce nom, votre mère et moi organiserons des mariages grandioses !
Oh oui, père ! Il me tarde de connaître mon futur époux !
Avez-vous entendu ? Des enfants ont de nouveau été enlevés par les Alchimistes la nuit dernière.
Tout de même... c'est une histoire étrange, qui dure depuis des années. J'ai des doutes sur...
Des doutes sur quoi ? C'est une secte de criminels ! Les soldats de la Flamme en ont arrêté plusieurs qui ont avoué leurs méfaits.
Moi aussi, j'avouerais n'importe quoi sous la torture.
Tu veux bien cesser de tout remettre en cause ? Tu es agaçant à la fin !
Ils enlèvent nos enfants, je n'ose imaginer pourquoi ! Mener d'horribles expériences, ou même les dévorer, qui sait... Il faut purger la ville de ces Alchimistes !

Regarde ce beau morceau de viande! Il est encore chaud!
C'est vrai que ça a l'air délicieux! Et tu vas nous le donner, hein, le vieux! Sinon...
Hin Hin Hin!

Calme-toi, Léor... Ne te fais pas remarquer.
L'important n'est pas d'être le plus fort...
...mais le plus malin !
Bonjour, Gil ! Je viens chercher ma commande.
Carmine !
Ça n'a pas été facile à trouver, mais tout est là.

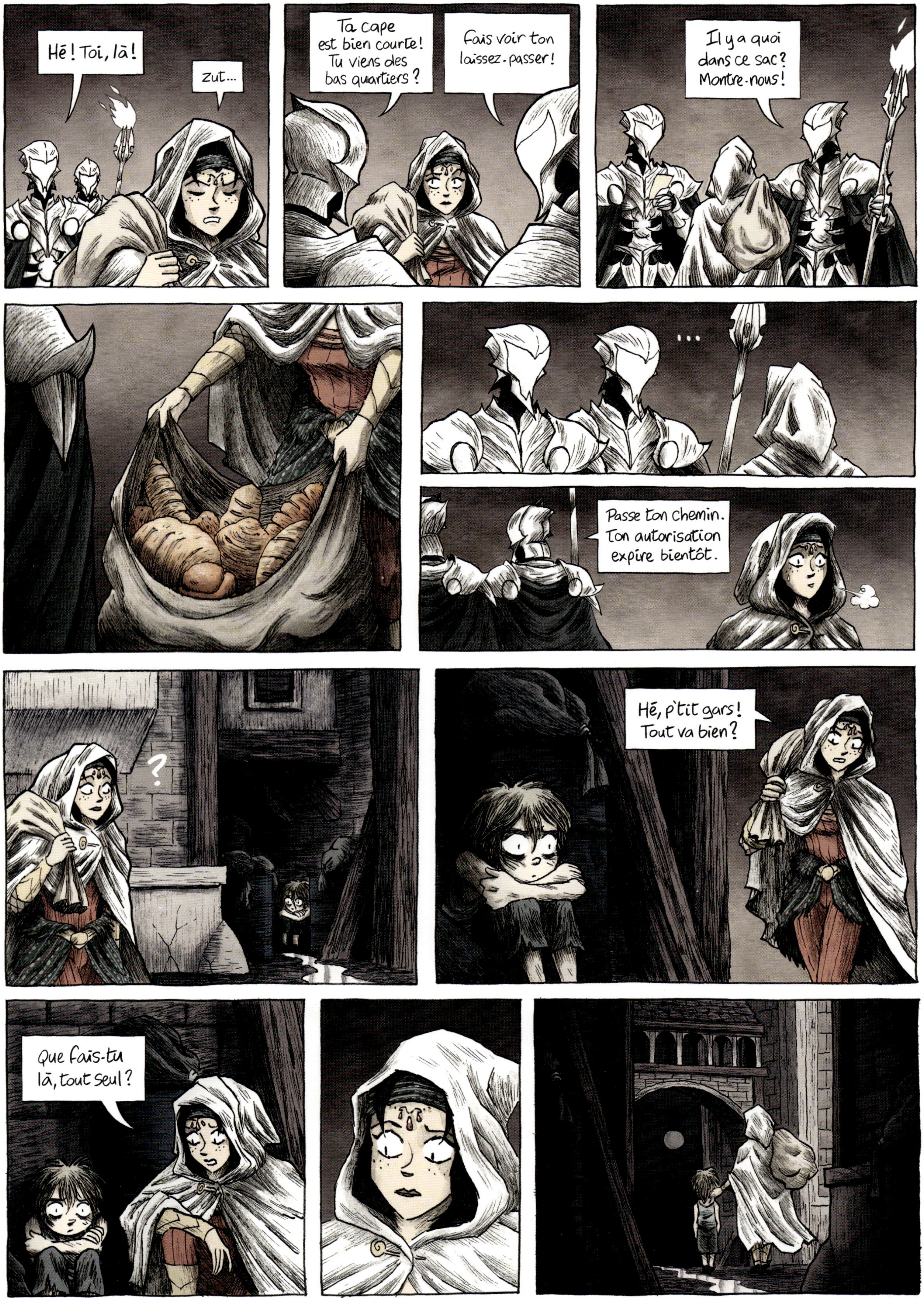
Hé ! Toi, là !
zut...
Ta cape est bien courte ! Tu viens des bas quartiers ?
Fais voir ton laissez-passer !
Il y a quoi dans ce sac ? Montre-nous !
...
Passe ton chemin. Ton autorisation expire bientôt.
?
Hé, p'tit gars ! Tout va bien ?
Que fais-tu là, tout seul ?

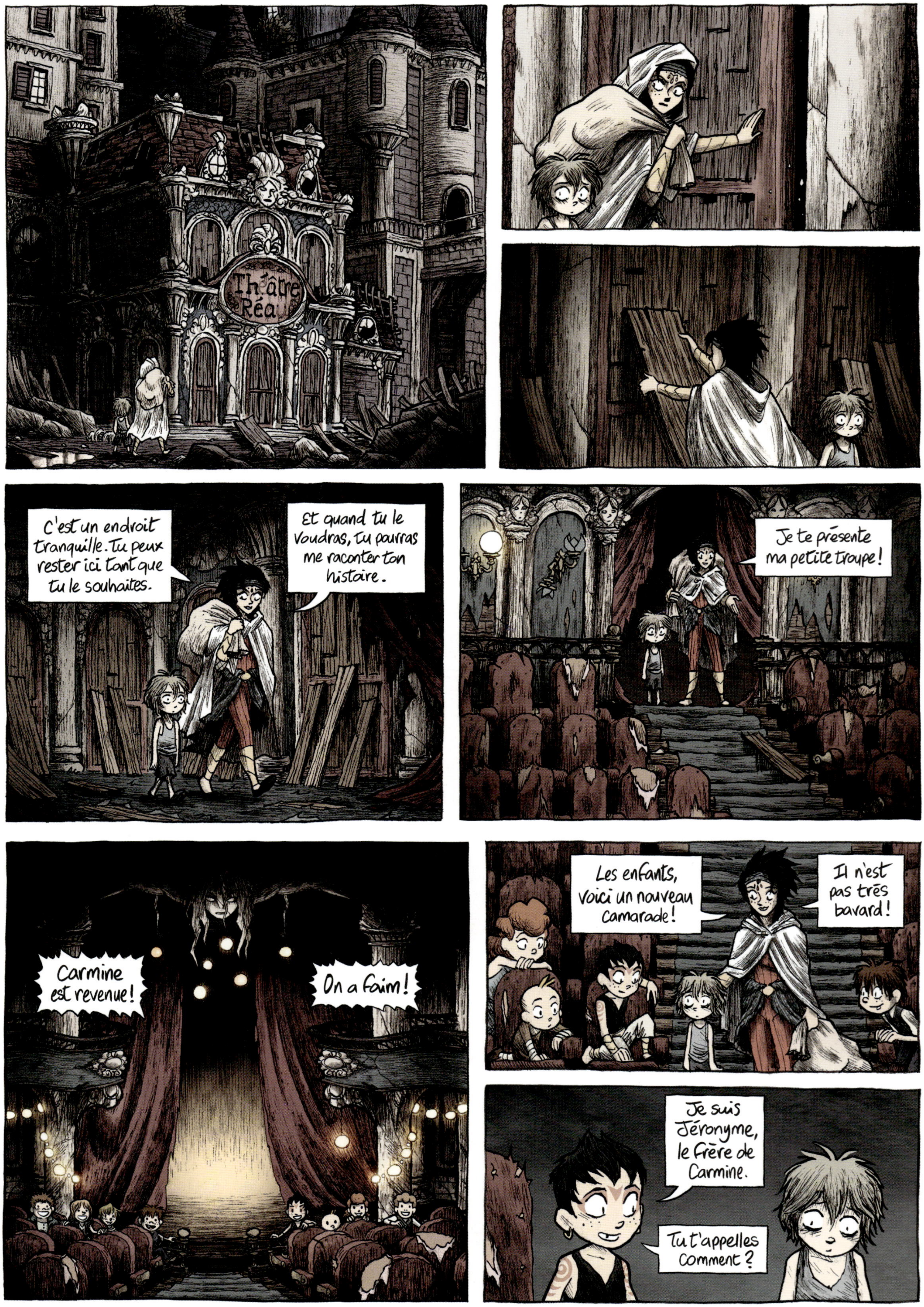
Théâtre Réa
C'est un endroit tranquille. Tu peux rester ici tant que tu le souhaites.
Et quand tu le voudras, tu pourras me raconter ton histoire.
Je te présente ma petite troupe !
Carmine est revenue !
On a faim !
Les enfants, voici un nouveau camarade !
Il n'est pas très bavard !
Je suis Jéronyme, le frère de Carmine.
Tu t'appelles comment ?

Je vous ai apporté un bon goûter et un nouveau conte à vous lire !
Il était une fois ...
... dans un pays très lointain ...

TOC
TOC
Ah! Te voilà!
Tiens, c'est bien mérité, vaillant petit messager!
Dahliane, ma bien-aimée, tu me manques tant...
Je pense à toi sans cesse. Pouvons-nous nous retrouver demain au parc, sur notre banc?
Je vais de nouveau parler à mon père. Je ne désespère pas de le convaincre.
E.

TOC TOC
Viens, mon bon chat !
Estevan !
Zut !

Estevan! Ouvre la porte!
Oui, père! J'arrive!
Eh bien, alors? Pourquoi t'es-tu enfermé ?
Heu... Je...
Peu importe... Je vais organiser un dîner pour te présenter une éventuelle fiancée. Son père est...
Justement... J'aimerais que nous reparlions de Dahliane Greyfield. Elle...
Non! ce sujet est clos! Elle est promise au capitaine Calran.
Mais père, je...
N'insiste pas! Je ne me mettrai pas à dos les autorités pour un caprice amoureux. Tu me fais de plus en plus penser à ton grand-père...
Je prends ça comme un compliment.
Ah oui? Sais-tu seulement qu'il a risqué notre fortune avec ses lubies et ses combats politiques?
J'aimais grand-père...
Mais moi aussi, je l'aimais! Sa mort nous a tous affectés. Mais c'est peut-être un mal pour un bien... Son opposition à la Flamme nous menait à la ruine!

Peut-être vivrais-tu aujourd'hui dans la fange et la vermine des quartiers inférieurs si le malheur de sa disparition ne nous avait frappés.
Et puis j'en ai assez ! Nous parlerons demain...
N'oublie pas, fils... Nous sommes les Davencroft. Nous avons une fortune, un rang, une réputation à maintenir.
VLAN
G...Grand-père ?
Grand-père !

HÔPITAL STERNHA
Ah! Mes nouvelles recrues!

Depuis l'étincelle originelle, la flamme nous protège !
Elle nous guide dans ce monde damné où, à chaque instant, le mal nous met à l'épreuve !
Les préceptes de la flamme sont certes stricts, mais c'est une sévérité bienveillante et nécessaire, tant notre esprit est faible lorsqu'il est livré à lui-même.

Ces vauriens ont enfreint les règles, en se rendant clandestinement dans les quartiers médians de la ville...
...afin d'y dévaliser un honnête commerçant.
En tant que prêtre de la flamme, et au nom du grand apôtre, je les condamne à être figés sur-le-champ !
Nooon !
Aah !

Voyez ces statues de nacre : tel est le châtiment des traîtres !
Maudite flamme...
?
Qu'est-c't'as dit ?
Rien. Fiche-moi la paix !
J't'ai entendu ! T'as dit du mal de...
Prêtre ! Il a insulté la flamme !
Mais tais-toi ! Je...
Comment ? Qui ose blasphémer ?
C'est toi, jeune homme ?
On n'insulte pas la flamme et tous ceux qui ont foi en elle impunément.
Gardes ! Figez-le !
Oh non ! C'est pas vrai !

Plus vite, oncle Mikel !
Je... Je peux pas !
Laisse-moi Léor ! Fuis !
Hors de question !
Non !
Ah !
?
?

Argh!
CRAA
Qu'est-ce que...
Tadaaa!

Messieurs! Quelques sous pour le spectacle?
Heu...
Je... J'ai rien...
Oh... c'est peu cher payé pour vous avoir sauvé la vie.
Oui... on est un peu justes en ce moment. Mais... j'étais médecin avant que l'administration ne nous interdise d'exercer...
Et parfois, je donne quelques consultations... discrètement.
J'ai des médicaments. Ça peut être utile... Si vous avez besoin, venez me voir. Sous le pont du Vieux-Marché.
D'accord, Doc'! À charge de revanche, donc!
PAW
PAW
PAW
PAW!

J'ai emprunté une robe et une cape à ma sœur...
Ça te va plutôt bien !
Tu m'as manqué. J'ai envie de t'embrasser mais...
...mais tu serais figé sur place si les gardes te surprenaient ici.
Et si on essayait de se retrouver ce soir au...
Estevan... J'ai... de mauvaises nouvelles.
Calran a officialisé nos fiançailles, et mon père a été promu grand procureur comme prévu.
Ils ont avancé la date du mariage.
Quoi ?! C'est pas vrai... Il doit bien y avoir une solution !
Je...
J'ai peur qu'il n'y ait plus rien à faire. On ne peut s'opposer au capitaine Calran.

CRAA
Figez-les!
Calran!
Et tuez l'enfant!

Ah!
Maman!
Léor! Écoute-moi! J'aurais dû t'en parler plus tôt! Tu dois survivre, mon fils!
Papa!
Enfuis-toi par les toits!
Le moment venu, toi seul pourras affronter la Flamme! Ta mère et moi, nous t'aimons, Léor, ne l'oublie jamais.
Papa?
Papa!
Viens là, toi!
Aaah!

Bonsoir, maman.
Pardonne-moi, je ne suis pas beaucoup venu vous voir ces derniers temps.
Mais ne t'inquiète pas, tout va bien. J'ai même rencontré une drôle de fille aujourd'hui...
Je t'en reparlerai si je la revois !
Salut, papa...
Ce matin, j'ai découvert que j'étais insensible à la Flamme...
Je suis immunisé contre la pétrification, en plus de tout le reste...
Tu m'avais dit que je devrais affronter la flamme...
Mais comment ?
Et pourquoi moi ?
J'aimerais que quelqu'un m'explique tout ça...
Je voudrais savoir quoi faire.
Vous me manquez...

Non!
Raaah!
?
Journal Alchimique Elioth Dave
Grand-père tenait un journal ?
Journal Alchimique Elioth Davenc

Théâtre Réa
Carmine ! Réveille-toi...
Qu'est-ce qui se passe ?
C'est le nouveau. Il est malade.
Ghhh...
Oh là ! Il est brûlant !
Jéronyme, veille sur les autres pendant mon absence.
BOM BOM BOM
Qui... Quelle heure est-il ?
Je... Vous m'aviez dit de...
Tu es sortie malgré le couvre-feu ?
Oui... Ne vous inquiétez pas, j'ai l'habitude.

Qu'est-ce qu'il a ?
Je ne sais pas... Une sorte de crise. Il a une forte fièvre et des spasmes.
Mmm...
Alors...
Ça devrait agir...
Tiens... Quelques gouttes si ça le reprend... C'est la première fois qu'il fait ça ?
Je l'ignore. Je l'ai trouvé hagard dans une ruelle. Il n'a pas dit un mot depuis. Il semble perdu...
Je m'occupe d'un petit groupe d'enfants des rues.
Orphelins ou abandonnés.
Merci pour votre aide, Doc' ! Au fait, moi, c'est Carmine !
Enchanté !
Le Doc', c'est Mikel, et moi, Léor.
Tu t'en vas ? Attends, je te raccompagne !
J'aurais pu rentrer seule. Je te rappelle que c'est moi qui vous ai tirés d'affaire tout à l'heure !
Heu...

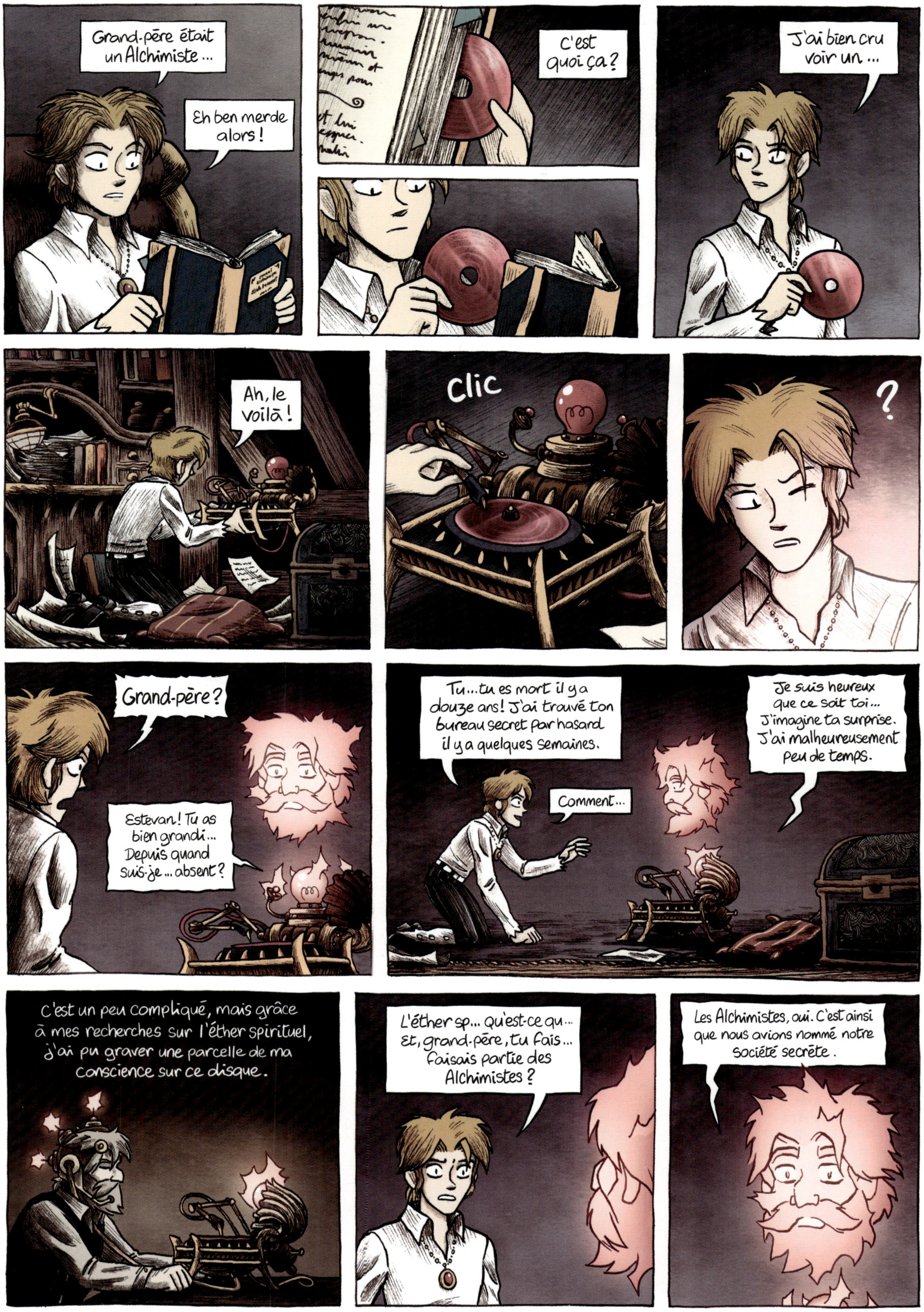
Grand-père était un Alchimiste...
Eh ben merde alors !
C'est quoi ça ?
J'ai bien cru voir un...
Ah, le voilà !
Clic
?
Grand-père ?
Estevan ! Tu as bien grandi... Depuis quand suis-je... absent ?
Tu... tu es mort il y a douze ans ! J'ai trouvé ton bureau secret par hasard il y a quelques semaines.
Comment...
Je suis heureux que ce soit toi... J'imagine ta surprise. J'ai malheureusement peu de temps.
C'est un peu compliqué, mais grâce à mes recherches sur l'éther spirituel, j'ai pu graver une parcelle de ma conscience sur ce disque.
L'éther sp... Qu'est-ce qu... Et, grand-père, tu fais... faisais partie des Alchimistes ?
Les Alchimistes, oui. C'est ainsi que nous avions nommé notre société secrète.

Nous étions un groupe d'intellectuels, de scientifiques, d'artistes...
Quand la flamme est apparue et que le grand apôtre a gagné en pouvoir et influence, nous nous sommes méfiés et avons enquêté.
Nous l'avons étudiée, agissant en secret sous le nom d'Alchimistes, car nous usions aussi bien des sciences technologiques que des sciences occultes, voire de ce que l'on pourrait appeler sorcellerie...
En étudiant les textes et gravures du passé, nous avons découvert la véritable nature de la flamme...
Elle se nourrit de l'éther spirituel, autrement dit de la conscience de ses adorateurs. À chaque conscience conquise, elle se renforce et grandit, brûlant de plus en plus fort.
Elle s'exprime à travers le grand apôtre, le premier à avoir perçu l'étincelle. Il lui permet de se maintenir dans notre monde. Il subjugue, il fascine...
La flamme, au sommet de la grande tour... Quand elle sera suffisamment puissante, elle brûlera la réalité... ouvrant un passage vers... un autre univers, où il attend. S'il parvient à entrer dans notre monde, ce sera la fin de l'humanité telle que tu la connais.
"Il"?
Le Messie.
Il faut éteindre cette flamme!
Et il n'y a qu'un seul moyen.
Léor!
Qui est Léor?
J'espère qu'il est toujours en vie!
Le chat mécanique! Il t'aidera à le trouver.
Il a été conçu pour ça.

Son museau... C'est la moitié d'un ambre pourpre, une pierre, disons, magique...
... dont l'autre partie a été implantée dans le corps de Léor quelque temps après sa naissance.
Ce lien créé entre eux te permettra de le retrouver. Le chat te guidera vers lui.
Léor... pauvre enfant... Nous n'avions pas le choix. Qu'il nous pardonne.
Tu as gardé ma montre... Règle-la à dix heures dix minutes et trente secondes. Sur le mur derrière toi... Il y a une serrure.
Estevan... Je dois te le dire. Ma chute dans l'escalier... C'est ton père qui m'a poussé. Les dignitaires de la flamme l'avaient convaincu de se débarrasser de moi, et d'hériter.
Quoi ?
Je suis désolé de t'apprendre tout cela si brutalement. J'aimerais t'en dire plus, mais le temps me manque.
Tu y arriveras. Lis bien mon carnet. Tout est dedans.
Le jeune Estevan que j'ai connu était bon, intelligent et valeureux. Je crois en toi.
Adieu, Estevan. Je t'aime...
Grand-père...
Je t'aime aussi...

C'est bon, on peut y aller.
Tu me disais que tu venais d'une famille de forains ?
Oui...
Mais, lors de la Moralisation artistique organisée par la flamme, mes parents ont été arrêtés et jetés au cachot...
Je ne les ai jamais revus depuis. Je ne sais même pas où ils sont. Et toi ? Raconte-moi... Pourquoi portes-tu une attelle ?
Enfant, en voulant échapper à des soldats, je suis tombé d'un toit.
Mon bras était en miettes.
Mes parents ont été figés... Mikel m'a recueilli. C'est lui qui m'a soigné et posé cette attelle. Sans elle, mon bras me fait trop souffrir.
Pourquoi la flamme s'en est-elle prise à ta famille ?
Je ne sais pas. J'ai peu de souvenirs. J'étais si jeune.
Tu sais, Léor, un jour, ils le paieront. Aucun pouvoir, aucun règne n'est éternel. Un jour, ils porteront le coup de trop... qui les mènera à leur perte.

Voilà, c'est là que nous vivons.
Théâtre Réa
Attends... Il y a quelque chose d'anormal...
Les enfants ! C'est moi !
Carmine !
Il les a enlevés !
Le monstre !
Quel monstre ? Enlevé qui ?
Il était horrible !
Avec une cape noire ! Il a pris Jéronyme, Nilo et Bouclerousse !
Oh non ! Mais où est-ce qu...
Je... sais où ils sont...
Petit... tu... Comment le sais-tu ?
J'y étais... Il m'avait enlevé moi aussi...
... mais j'ai réussi à m'échapper. Il m'avait emmené dans un vieil hôpital... heu... St... Sternham, je crois.
Sternham ?
Tu connais ?
Oui ! C'est là où travaillait Mikel avant.

Dis-moi où c'est. J'y vais.
Quoi ? Mais... On ne devrait pas...
Quoi ? Alerter la garde ? S'ils découvrent les enfants, ils les enverront dans leurs écoles de soldats, avec d'autres orphelins.
D'accord... Je viens avec toi !
Les enfants... Enfermez-vous dans votre chambre, bloquez les portes et fenêtres, et attendez que je revienne.
Réa
HOPITAL STERN
Lâche-moi, sale monstre !
?
Tiens donc ! Voilà un jeune bien mal élevé !

Ne résiste pas, petit... Je vais changer ta vie misérable.
Je vais t'offrir ce qui te manquait jusqu'ici : un avenir !
Et toi, ce qui te manque, c'est une brosse à dents !
C'est vous, les Alchimistes, qui enlevez les enfants ? Pourquoi tu fais ça, vieille momie ?
Ha ha ! Oui, c'est ça, les Alchimistes !
Je les connaissais bien, j'en faisais partie !
Heureusement, j'ai ouvert les yeux.
Nous nous en sommes débarrassés il y a longtemps... Qu'il est commode de les accuser aujourd'hui !
On détourne l'attention tout en discréditant les idées qu'ils défendaient... C'est toujours utile de maintenir le peuple dans la peur.
Que vas-tu faire de nous ?
Je te l'ai dit...
vous offrir un avenir... faire de vous de fidèles serviteurs de la flamme.
Et voici la petite merveille qui va nous y aider... Je suppose que tu ignores ce qu'est l'éther spirituel...

On peut appeler ça "conscience". C'est invisible, intangible, et pourtant, c'est bien là, parcourant le corps.
Cette machine permet de l'extraire, comme s'évapore l'eau d'un aliment pendant la cuisson.
En l'absence totale d'éther spirituel, le corps subit, disons... quelques changements...
Le corps est pur, libre de s'exprimer sans la contrainte de la conscience ! Comme notre ami, qui vous a amenés ici.
J'appelle ça la sublimation de la flamme !
Et la flamme peut rien faire pour ton haleine ?
Tu es bien insolent, vermine...
Je vais y remédier.
CLIC
TCHK
Grand-père... C'est dingue, tes trucs...
CLIC
?

D'accord...
Allons-y.
Clonk
De mieux en mieux ! un laboratoire secret... Souterrain !

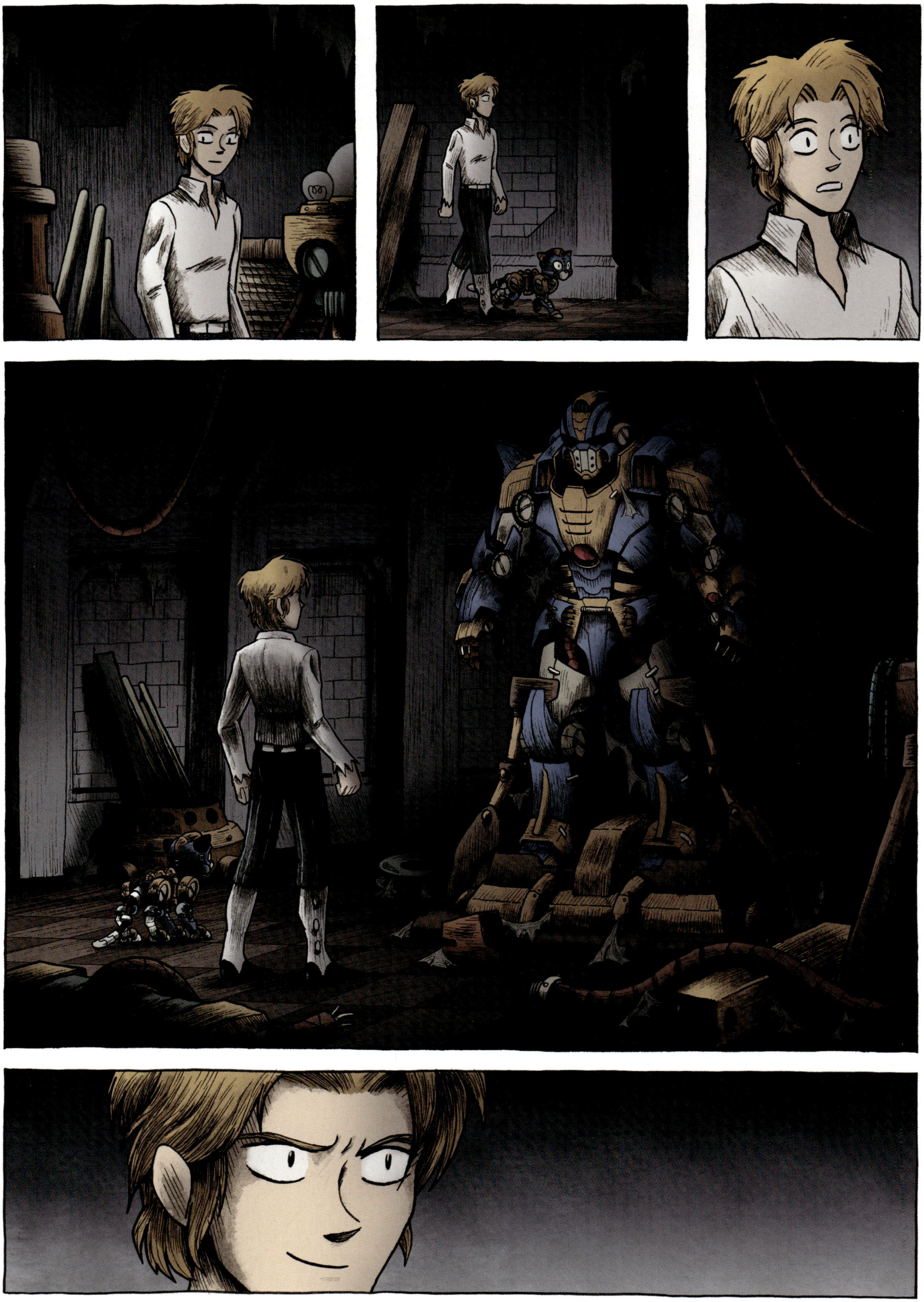

Nous y sommes. L'hôpital a été fermé il y a des années, quand les médecins ont été interdits d'exercer, remplacés par les prêtres.
Carmine... Je dois te parler de quelque chose... On ne sait pas ce qui nous attend à l'intérieur...
Autant t'éviter une surprise... Je suis un peu... différent. Seul Mikel est au courant.

Wouah! C'est le tour de magie le plus incroyable que j'aie vu!
Comment tu fais ça?
Je ne sais pas... Je peux le faire, c'est tout. Pendant quelques secondes, je me transforme en... nuage. Au début, j'avais du mal à le contrôler, c'était lié aux émotions... C'est ce qui m'a sauvé lors de ma chute, enfant... Depuis, j'ai appris à le maîtriser et à vivre avec.
Eh ben! Si on pouvait organiser des spectacles, on ferait fureur avec ça!
Arrête! Qu'est-ce que tu lui fais?
Il sera bientôt vidé de toute sa conscience!

Qu'est-ce qu... C'est quoi cette machine ?
Je vois Nilo et Bouclerousse mais pas Jéronyme...
Oh non ! c'est lui dans...
KRRR
Carmine !
KRRRRAR
Non !

Raaah ! Ça, tu vas me le payer !
RRRAaaaaaaac
PAW
PAW
PAW
PAW
Jéronyme !
Oh non ! Qu'est-ce qu'ils t'ont fait ?
RRRaaaaaa
Carmine !

Argh!
Léor?
Hein? Comment connais-tu mon nom?
Argh!
Ghhrr...
Tue-le!
Tue-le!
?

Ghrrr...
Arkh!
Alors! Réponds!
D'où me connais-tu?
Tu as donc survécu...
Nous te croyions mort.
Toi?
Je me souviens, tu es... le docteur Krumvick, un ami de mes Parents!

Oui... Je les avais suivis dans leur délire alchimiste... Du moins les premières années...
Mais la flamme... Elle m'a montré sa puissance... nous faisions fausse route ! Il fallait arrêter tes parents !
Mes parents... Alchimistes ? Je ne comprends rien...
Tu ne comprends rien... Et c'est très bien ainsi !
Ne compte pas sur moi pour t'en dire plus !
Hé !
Reviens ici, scélérat !
Tu dois soigner mon frère !
Rends-lui son apparence !

T'es coincé, crapule !
Vous avez neutralisé mon plus fidèle serviteur. C'était le plus civilisé de tous. Les autres sont moins délicats... Laissez-moi vous les présenter...
Grrraaaarrrr !
!!!
Je vous laisse en leur agréable compagnie !

Heu... Qu'est-ce qu'on fait ?
Utilise ton pouvoir ! Échappe-toi !
KRRRRRRR
Arkh !
BLAM
BLAM

Léor ?
C'est pas vrai... Je vais me réveiller !
Je m'appelle Estevan. Tu dois te poser de nombreuses questions... et je crois avoir quelques réponses.

Théâtre Réa
Jéronyme...
Je ferai tout pour que tu redeviennes normal... Je te le promets.
Mon petit frère...

... Et voilà comment je t'ai retrouvé.
Mon grand-père a tout écrit dans ce carnet... Tout ce qu'il savait sur les Alchimistes, la flamme...
... et pourquoi et comment il faut l'éteindre. C'est là que ça te concerne.
Mikel... Je n'ose pas ouvrir le journal qu'Estevan m'a confié...
J'ai peur de ce que je pourrais découvrir. Je ne sais pas si...
Je crois que tu as besoin de savoir... Quelle que soit la vérité.
Et quoi que tu apprennes, n'oublie pas que je serai toujours là. Je suis ton oncle.
Mon deuxième père, même... Merci pour tout, Mikel...

Ma chère Dahliane,
Veuillez m'excuser...
Je dois vous laisser. Le grand apôtre demande à me voir.
Je vous en prie, Calran. Je comprends.
Vous pourrez bientôt emménager dans mes appartements de la grande tour. Tout est prêt.
C'est... une bonne nouvelle.
?
TOC TOC
Hé... Salut, toi!
Je ne t'abandonnerai pas.
Je t'aime. E.

Capitaine Calran, le grand apôtre vous attend.
Maître... vous souhaitiez me parler ?

Calran...
Le docteur Krumvick m'affirme que le porteur de l'Orage est toujours en vie.
C'est impossible! Personne ne peut survivre à une telle chute!
Eh bien... Il semblerait que vous vous soyez fourvoyé.
Au nom de la flamme, capitaine, réparez votre erreur. C'est votre nouvelle priorité.
Trouvez-le, et assurez-vous qu'il meure vraiment, cette fois-ci!
Oui, maître... J'y consacrerai toute mon âme.
Il regrettera de ne pas être mort ce jour-là.

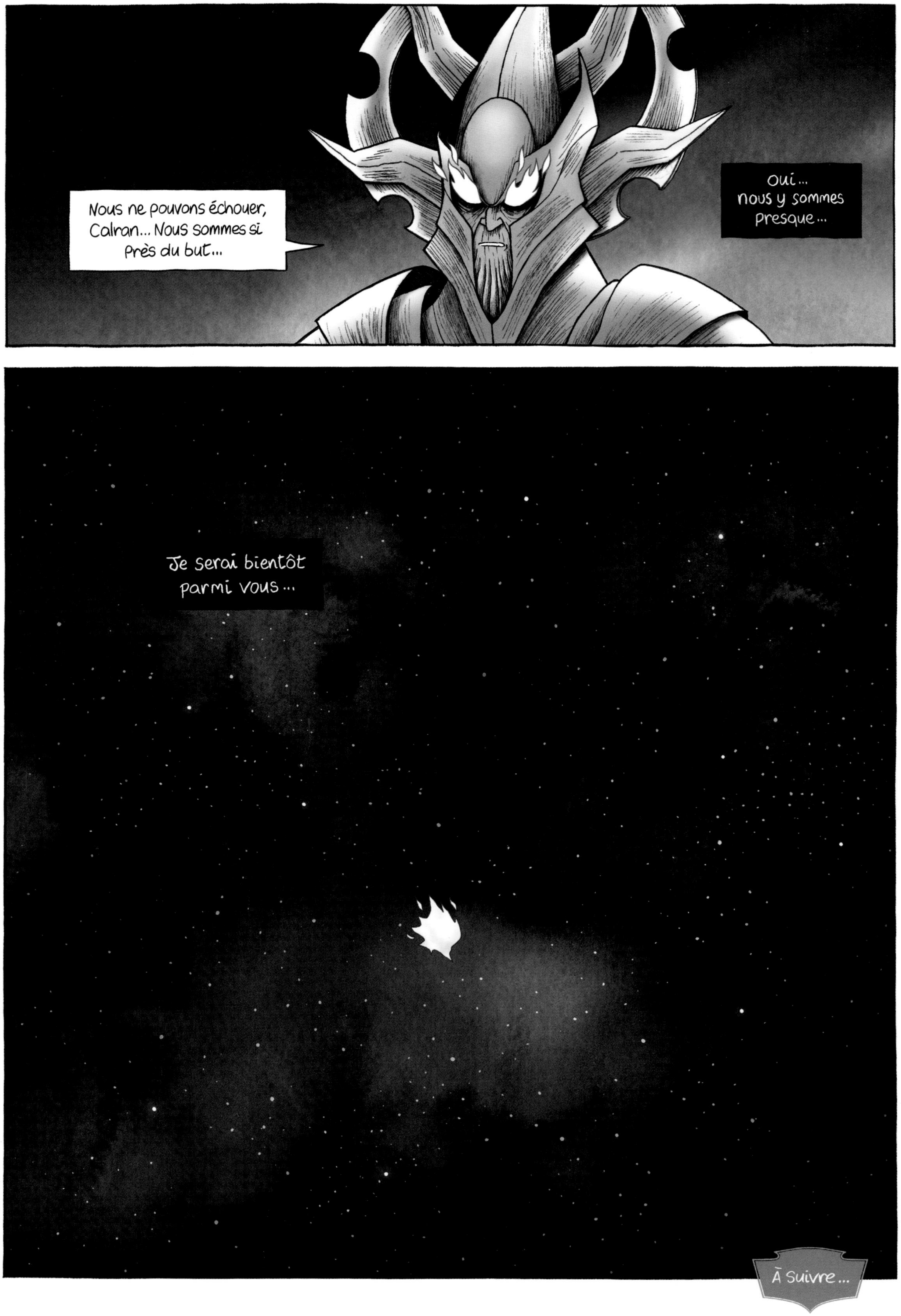
Nous ne pouvons échouer, Calran… Nous sommes si près du but…
Oui… nous y sommes presque…
Je serai bientôt parmi vous…
À suivre…